H. Lowe

Die Juden-Mission, eine Aufgabe der evangelischen Kirche

H. Lowe

Die Juden-Mission, eine Aufgabe der evangelischen Kirche

Unveränderter Nachdruck der Originalausgabe von 1869.

1. Auflage 2024 | ISBN: 978-3-38615-996-8

Antigonos Verlag ist ein Imprint der Outlook Verlagsgesellschaft mbH.

Verlag: Outlook Verlag GmbH, Zeilweg 44, 60439 Frankfurt, Deutschland, info@outlook-verlag.de
Vertretungsberechtigt: E. Roepke, Zeilweg 44, 60439 Frankfurt, Deutschland
Druck: Libri Plureos GmbH, Friedensallee 273, 22763 Hamburg, Deutschland

Die Juden-Mission,

eine Aufgabe der evangelischen Kirche.

Vortrag,

gehalten

im Verein für die Mission unter Israel,

im Elisabethschulsaal zu Stettin am 12. Februar 1869

von

H. Löwe,

Pastor in Pölitz (Pommern).

Erlangen, 1869.

Verlag von A. Deichert.

Druck von Wilh Hassel in Cöln.

Wenn selbst die Heidenmission, diese Lebenserweisung der Kirche, erst in unserer Zeit wieder einen neuen Aufschwung gewonnen hat, wenn sie in den Gemeinden so zurückgetreten war, daß es in meiner Kindheit noch seltsam erscheinen konnte, wenn in einer namhaften Stadt unserer Provinz der Anfang mit Missionsstunden gemacht wurde, so ist nicht zu verwundern, daß die Mission unter den Juden, die überhaupt in dieser Gestalt ein Gedanke der Neuzeit ist, vielen befremdend erschien und sie noch bis zu dieser Stunde um ihre Berechtigung und Anerkennung zu kämpfen hat. Freilich das ist nicht etwas Neues und Fremdartiges, daß die Kirche überhaupt auch für Israel offen steht, daß wir dieselbe Freude, die wir über eine bekehrte Heidenseele empfinden, auch über einen zum Glauben erweckten Sohn des A. B. fühlen, daß wir also auch, wo sich eine solche Gelegenheit darbietet, einen Juden freudig zur Kirche weisen, der uns nach dem Wege fragt, das alles liegt einfach im Wesen des Glaubens, als des alleinseligmachenden und ist nie in Frage gestellt worden; aber daß wir mitten in der Christenheit eine eigentliche Mission für Israel beginnen, daß wir es als eine Aufgabe der Kirche erkennen, für Israel zu sorgen, das ist neu. Es kann also auch nicht die Aufgabe dieser Mission nur der 14. Vers im 11. Cap. des Römerbriefes sein, „ob ich Israel möchte zu eifern reizen, daß ihrer Etliche selig werden", sondern vielmehr die große letzte Hoffnung ruft sie ins Leben, die Paulus dort ausspricht: die Kirche will ganz Israel, als Volk, als Gottesgemeinde gewinnen und hat daher mit dieser Mission ein großes Werk im Glauben begonnen, die Zeit als eine neue Anbahnung einer neuen Heilsperiode erkannt. Ich sage eine That des Glaubens und begegne damit dem scheinbarsten Einwande, der gegen dieses Werk erhoben ist, daß nämlich das bisherige Resultat nicht den Erwartungen und

den aufgewendeten Mitteln und Kräften entspreche, daß dieser ver=
schwindend kleine Erfolg das Werk als ein nutzloses bezeichne; es
weise, sagt man, diese Erfahrung nach, daß die Erfüllung jenes
Geheimnisses, von dem Paulus redet, die Bekehrung Israels auf
einem andern Wege, durch eine Wunderthat Gottes erwartet werden
müsse, man greife also, und das ist der schwerste Einwurf, den
Führungen Gottes vor und übernehme damit in Selbstüberhebung
und Eitelkeit eine schwere Verantwortung. Nun das Letzte wider=
legt sich schnell, denn neben der Arbeit an den Gefallenen giebt es
wohl kein dornenvolleres Gebiet, als diese Arbeit an Israel, nicht
Eitelkeit, sondern Liebe und Barmherzigkeit, Glaube ist es, der dieses
Werk angreifen und demselben einen, wenn auch noch geringen, so
doch nicht ganz hoffnungslosen Fortgang gewinnen ließ. Steht es
aber so, daß diese Mission ein Glaubenswerk ist, ja daß sie ganz
wie von selbst, d. h. aber doch unter Gottes Leitung entstanden ist,
nun so meine ich nicht fehlzuschließen, wenn ich hierin eine An=
bahnung jener verheißenen Errettung Israels erblicke, und wenn es
daher auch naturgemäß erst Einzelne sind, die gewonnen werden,
Einzelne, die sich reizen lassen, das Werk selbst ist ein Zeugniß, ist
ein Wink für Israel und ich sage, wir thun nach Gottes Willen,
wenn wir die Mission, soweit es in unserer Macht steht, aus voller
Kraft unterstützen und hinfort nicht mehr bloß für Israel in der
Kirche beten hören, sondern selber mitbeten, die Bekehrung Israels
ins Auge und ins Herz fassen, und es wird, das ist der Segen
davon, schon das Eingehen in diese Gedanken sich rückwirkend als
eine Kraft erweisen, tiefer in die Heilsgeschichte einzubringen. Gottes=
gedanken braucht unsere Zeit, daß die vorübergehenden Zeitgedanken
nicht ganz unsere Seele erfüllen.

Es ist in einem früheren Vortrage schon ausgeführt worden,
daß die Mission unter Israel zeitgemäß sei und es ist auf die
Erscheinungen hingewiesen, die in Israel selbst uns verheißungsvoll
begegnen und uns zu unserer Arbeit Muth geben. Was zeitgemäß
ist, sich in einer Zeit vorfindet, läßt sich aus tiefer liegenden Ur=
sachen begreifen und diesen Ursachen nachzusinnen, das ist allgemein
gefaßt der Zweck dieses Vortrages. Finden wir solche in der
geschichtlichen Entwicklung liegenden Ursachen, die den Gedanken an
die Mission unter den Juden in dieser Zeit hervortreten ließen, so
ist uns das eine neue Kräftigung unseres Glaubens, denn wir

würden in solchen geschichtlichen Antrieben Gottes Walten und unser Werk als gottgewirktes erkennen. Es ist ein Versuch, den ich somit wage und es wird Ihrer Prüfung überlassen bleiben, wie weit ich das Richtige gesehen habe, es mag auch vielleicht im Einzelnen manches eine strengere Kritik nicht bestehen, aber der Gedanke selbst, daß unser Werk als ein geschichtlich nothwendiges sich herausstellt, ist eine Position, die wir mit der Ausübung unserer Mission unwillkürlich einnehmen. Laſſen Sie mich das Ziel unserer Untersuchung hinstellen, damit Sie um so leichter derselben mit Ihrem Urtheile folgen können:

Die Judenmission eine Aufgabe der evangelischen Kirche.

Ich werde zunächst geschichtlich nachweisen müſſen, daß eine Miſſion unter Israel erst in der evangelischen Kirche begonnen hat, und sodann die inneren Gründe aufzuzeigen haben, die unserer Kirche diese Aufgabe stellten.

I. Also meine erste Behauptung ist diese: Es sind wohl zu aller Zeit einzelne Israeliten in die Kirche aufgenommen, aber es ist keine Miſſion an Israel getrieben worden. Wegen des Umfanges dieser Darlegung muß ich mich auf einige hervorstechende Züge beschränken. Wir haben unsern Blick auf die apostolische Zeit, auf die alte Kirche und auf das katholische Weltalter zu richten.

Die Geschichte der Apostel berichtet uns, wie das Reich Gottes von Israel zu den Heiden gegangen ist. Die Miſſion wendet sich vergeblich an Israel, der Erfolg ist das für die ganze Zukunft so tief ergreifende Urtheil: Euch zuerst mußte das Wort Gottes gesagt werden, nun ihr es aber von euch stoßet und achtet euch selbst nicht worth des ewigen Lebens, siehe, so wenden wir uns zu den Heiden (Act. 13, 46), und die Erkenntniß Pauli, daß es wohl immer Aufgabe der Kirche bleibe, Einzelne zu reizen, aber daß nach Gottes Rathschluß die Erweckung Israels ein Werk späterer Entwicklung sei. Das nennt der Apostel demgemäß ein Geheimniß, das seiner Zeit ebenso offenbar werden müſſe, als ihm das Geheimniß der Berufung der Heiden in dem Rathschluß erschloſſen sei, der ihm zum Heidenapostel berief (Ephes. Cap. 3). Die Kirche hat deshalb zu keiner Zeit Israels zu vergeſſen oder gar zu verachten, im Gegentheil nach des Apostels Sinn es zu reizen zur Umkehr, aber andererseits in Geduld auf die Zeit zu warten, an welche der Herr noch (Röm. 11) so großen Segen sowohl für Israel, als auch für die Kirche geknüpft hat. Ich schließe hieraus zunächst allgemein: Wenn in einer Zeit besonderer Eifer für die Bekehrung Israels erwacht, wenn das Heil dieses Volkes der Kirche wieder am Herzen liegt, so ist das ein Aufleuchten der Hoffnung auf die Enthüllung des Geheimnisses und, da Gott wirkt Anfang und Vollendung, ein Unterpfand der christlichen Erfüllung.

Wie hat sich denn nun die Gemeinde des Neuen Bundes zu dem alten Volk des Herrn gestellt? In der alten Kirche war, nachdem die Apostel selbst Israel hatten fallen lassen müssen, weder Zeit noch Anlaß, an eine besondere Mission unter Israel zu denken, ersteres nicht, da die Kirche sich nach außen und sodann nach innen zu kräftigen und zu erbauen hatte und ein Anlaß war nicht vorhanden, Israel zu suchen, da dieses Volk die Feindschaft der Heiden nicht bloß theilte, sondern im frischen, glühenden Haß kein Mittel unversucht ließ, diese Feindschaft anzustacheln, so daß sich ein immer entschiedenerer Haß und eine tiefe Verachtung gegen dasselbe herausbildete. Es sollte sich der alte Fluch, den Moses schon über die Ungehorsamen ausgesprochen, durch die Kirche vollenden.

Die alte Kirche, die aus den Völkern gesammelt war, überkam die Entstellung der Heiden zu Israel. Schon im Zeitalter des Augustus wurden die Juden verspottet, und Tacitus nennt sie das verachtetste Geschlecht. Die Zerstörung Jerusalems zerstörte auch die letzte Ehrenstellung dieses Volkes unter den Heiden. Es war nicht immer so gewesen. Es gab eine Zeit, in der Israel der Prophet unter den Völkern war, als der gefangene Daniel durch sein Bekenntniß Weltherrscher demüthigte, als die Treue Israels traditionell war, als Antiochus der Große Ehren auf sie häufte und Ptolomäus Lagi froh war, solche Colonisten in sein Land zu ziehen und sein tiefsinniger Nachfolger die Quelle ewiger Weisheit in der Uebersetzung der 70 den Hellenen erschloß, als ein Bogenschütze Medullam die Stellung einnahm, die später den bekennenden Christen zufiel, und selbst Rom es für eine Ehre hielt, dieses Volk zu ehren, als Judas Makkabäus Wunder der Tapferkeit verrichtete und zuletzt noch im verzweiflungsvollen Todeskampfe die gestählten Legionen Roms die unbesieglichen, vor Juda's Waffen zitterten — und wie erklärt sich die jämmerlich gemißhandelte und verhöhnte Gestalt dieses Volkes voll ewigen Jammers, wie sie uns schon am Ende des ersten Jahrhunderts entgegentritt? Wunderbar ist dieses Volk, wunderbar alle seine Schicksale. Seine Stärke ist der lebendige Gott, sein Leben der Glaube und da dieser Quell versiegte, hatte Israel nichts mehr, das elendeste unter den Völkern. Josephus übernimmt eine Vertheidigung seines Volkes, den Heiden gegenüber, aber die scharfe Spitze der Waffen Gottes, die Israel durch Christum zu einem welterobernden im tiefsten geistigen Sinne machen konnte, ist zerbrochen, diese Waffen hat nun die Kirche im stählernen Harnisch des Erzengels, die Waffenrüstung des Epheser= briefes, Israel ist wehrlos, die Davidsharfe zerbrochen, nicht ein= mal mehr Klagepsalmen erwecken das Mitgefühl, es ist das ver= achtete Volk, das Schauspiel der Welt, der Abscheu der Heiden und doch war der Kirche es noch vorbehalten, den alten Fluch in furcht= barer Erfüllung über dieses verworfene Haupt zu bringen.

Je mehr die Kirche in ihrer Weltstellung gesichert, selber die Aufgabe der Erziehung an den Völkern übernahm, je mehr die Christenheit sich als das Volk Gottes auch in seiner äußern Er= scheinung, in seiner geschlossenen Einheit, in seinem hohen Berufe, Prophet, Richter und König zu sein, auf Erden erkannte, aber an Innerlichkeit verlor, um so mehr mußte Israel diese Macht fühlen, gerichtet als das Volk, das den Herrn der Herrlichkeit, den König der Kirche gekreuzigt, verworfen als Leute, die sich gegen alle Liebe verhärten, alle Aufforderungen zur Bekehrung von sich weisen, von Gott selbst preisgegeben der endlosen Verachtung. Die Kirche nahm in der mittelalterlichen Welt Israel gegenüber nicht eine Stellung ein, wie sie das Evangelium fordert, liebend, erbarmend, suchend, sondern herrschend, richtend, verwerfend vollzieht sie den Fluch. Ja Israel hat gebüßt. Nur wenige Andeutungen seien mir erlaubt. Es wurde denen, die diesen Fluch vollzogen, an dem entsetzlichen Jammer Israels offenbar, daß hier ein höherer Richter eingriff und die Menschen sahen entsetzt ihr eigenes Werk als eine That höherer durch sie waltender Gerechtigkeit. Schon Jo= sephus erzählt: Als Titus auf einem seiner Rundgänge die Schluchten mit Todten gefüllt und die Menge Eiter sah, der aus den ver= wesenden Leichnamen hervorfloß, breitete er seufzend seine Hände aus und rief Gott zum Zeugen an, daß dies nicht sein Werk sei (Bell. Jud. V, 12, 4). Und das ist auch die einzige Beruhigung, wenn es anders solche für das christliche Gewissen giebt, die uns bei dem

Blicke auf die mit unsäglichem Jammer gefüllten Zeiten des verworfenen Volkes, auf die grauenhaften Scenen seiner Leiden, auf die mit Blut und Thränen geschriebenen Blätter seiner Geschichte bleibt, daß wir in dem Gerichte, das mit der Zerstörung Jerusalems anhebend noch nicht sein Ende erreicht hat, eine höhere Hand erkennen und der bei dieser Betrachtung bestürzte Beschauer mit Titus das Wort ausrufen muß: Das ist nicht Menschen Werk, wenn gleich das Wort in ungeschwächter Kraft auch über die Stolzen und Grausamen ergehen wird: Wehe über alle, durch welche Aergerniß kommt! und die Kirche eingedenk sein soll des warnenden Ausrufes Pauli: Schaue die Güte und den Ernst Gottes. Den Ernst an denen, die gefallen sind, die Güte aber an dir, sofern du an der Güte bleibst, sonst wirst du auch abgehauen werden (Röm. 11, 22). Daß ich nicht übertreibe, wenn ich die Geschichte des einst so hoch erhöhten Volkes, das bis in die Hölle hinabgestoßen ist, die jammervollste nenne, die je in den Annalen menschlichen Jammers erzählt ist, das bezeugen schon die Thränen des Herrn vor Jerusalem. Was diese Thränen bedeuten, legt uns diese Geschichte dar. Einen Blick in dieselbe gibt uns das Büchlein des Engländers Alexander Keith; daß ich nicht zuviel sage, weiß jeder, der mit der neuen Wüstenwanderung Israels nur etwas bekannt ist, oder was bedarf es der Bücher, die doch nicht in Jedermanns Hand sein können, ich berufe mich auf den Inhalt des uralten Drohwortes und bemerke nur, daß es nach Jahrtausenden in wörtliche Erfüllung gegangen ist. Jedes Fluchwort in den Büchern Moses findet hundertfachen Wiederhall in der düstern Zeit der Verbannung Israels. Keith äußert sich: „In diesen finstern lieblosen Zeiten erscheinen uns die Menschen gleich bösen Engeln, Vollstrecker des Zornes Gottes gewesen zu sein. Die Juden wurden mit unaufhörlichen Erpressungen und Räubereien heimgesucht. (Ein näherer Bericht läßt sich davon nicht ohne Abscheu geben.) Keine Zunge vermag es auszusprechen und keine Feder es zu beschreiben, wie ihnen das Herz bebte und die Augen verschmachteten über die Angst und Bekümmerniß ihrer Seele und alle die Gräuel, die sie sehen mußten, wie ihr Leben eine eigentliche Todesangst war, so daß sie lieber sterben als leben wollten." Doch genug hiervon. Israel hat gebüßt. Es spiegelt sich in der Sage von dem ewigen Juden wieder, der in innerer Angst des Gewissens Ruhe sucht, sie im Tode sucht und den Tod doch nicht finden kann:

> Ha nicht sterben können! nicht sterben können!
> Schrecklicher Zürner im Himmel,
> Hast du in deinem Richthause
> Noch ein schrecklicheres Gericht? (Schubert.)

Daß nun in solchen Zeiten von einer Mission unter Israel nicht die Rede sein konnte, ist selbstverständlich. Wenn auch nicht immer die Verfolgung wüthete, wenn auch Zeiten der Ruhe für Israel kamen, wenn auch Juden hin und wieder hohe Stellungen in einzelnen Staaten einnahmen, wie konnte das Herz des Juden für das Evangelium empfänglich sein, das seine Verfolger predigten, gewonnen werden für die Kirche, die für sie kein Herz hatte, Liebe empfinden zu denen, die sie verachteten und verfolgten? Was half es, wenn sie in etlichen Städten, wenn sie nach allgemeinen Edicten jährlich zum Anhören einer Predigt gezwungen wurden, wenn sie sich wohl aus Todesangst äußerlich der Kirche unterwarfen? Noch lebt in unserm Volk die Lust, Israel zu verspotten, noch herrscht trotz aller noch so energischen Vertretung der Rechte Israels selbst in den Herzen dieser Fürsprecher ein tiefgewurzelter Widerwille gegen alles jüdische Wesen, noch will man nicht unter einem Dache mit Israel wohnen, dessen Zelt doch abgebrochen ist, uns zu schirmen, noch ist der Jude Zielscheibe des Witzes, noch dauert fort die gegenseitige Entfremdung der Herzen, so viel auch schon anders geworden, so hoffnungsreich auch der Blick in die Zukunft ist. Christliche Staaten erkennen die Juden in der bürgerlichen Gerechtigkeit an, die einst Israel den Fremden nicht verwehrte, die ihm Heidenvölker nicht verweigerten, die Menschenwürde wird von dem tieferen Humanismus unserer Zeit auch in den Juden geehrt, das Volk wird wieder in seiner Berechtigung anerkannt, aber das alles ist freilich noch überwiegend bei den meisten, und wie kann das bei einer religiös indifferenten Zeit sich anders gestalten, in dem Sinne aufgefaßt, mit dem in stock-sentimentaler Färbung das Lied Schuberts schließt:

> Schlaf süßen Schlaf,
> Gott zürnt nicht ewig —

aber ich erachte es für ein Zeugniß, daß ein neuer Morgen über Israel nach langer Nacht zu dämmern beginnt, wenn man ein rein menschliches Mitleid mit seiner thränenreichen Geschichte empfindet, die man lange nur im starren Gerechtigkeitssinn anschaute, wenn man die traurige Gestalt desselben, seine vielfach so tiefe Entartung, die Feigheit und Kriecherei, die Gewinnsucht, den Schachergeist und was sonst das ehemals so hehre Volk bis zur Unkenntlichkeit ent= stellt, wenn man das alles auch aus der langen Zeit der Zertretung und Herabwürdigung desselben erklärt, wenn man ein Herz gewinnt, nach des Herrn Wort auch in Israel die Feinde zu lieben, wenn man endlich die eigne Schuld erkennt und darüber Buße thut, daß man sich an Israel versündigt hat. Hat sich in dem Elend des= selben auch durch die Kirche das lange zuvor beschlossene Gericht vollzogen, nun so soll auch das Erbarmen, das von Alters her ebenfalls über Israel geweissagt ist, durch die Kirche zu wirken anheben. Wir sehen den Zorn an denen, die gefallen sind, und wie steht es nun mit der Kirche? Hat sie ein Recht, Israel zu richten? Ist sie die treue Magd, die schön geschmückte Braut? und wenn sie das wäre, würde sie so unevangelisch, so unpaulinisch mit Israel verfahren haben? Ist es evangelisch, Haß mit Haß vergelten? oder ist der Eifer wider Israel für die Ehre des Herrn ein reiner, hei= liger gewesen? Soll Israel anfangen, die Schuld zu bekennen und die Kirche will pharisäisch sprechen: Ich habe dir zum Heile ge= holfen? Ist es evangelisch, ohne Weiteres über Israel den Stab zu brechen, wenn man nicht einmal die Alttestamentliche Gerechtigkeit und tiefe Sittlichkeit anerkennt, in der Israel oft die Kirche beschämt hat? Muß nicht die Kirche erst in Liebe und Barmherzigkeit den Sinn Christi auch an dem alten Bundesvolke erweisen, von dem es gilt:

> Wenn sie seine Liebe wüßten,
> Alle Menschen würden Christen!

Oder sollte Israel allein ausgenommen sein von dem Gesetz Christi: Wer zu seinem Bruder sagt: Racha, der ist des Rathes schuldig! Es ist doch wohl zu bedenken, daß das jetzige Geschlecht wohl büßt der Väter Schuld, aber doch herangebildet ist in An= schauungen und in einem Volksbewußtsein, das man nicht wie ein Kleid ablegen kann. Es ist doch sonst die Treue bis zum Tode zu ehren, aber dem treu am Glauben hängenden, wenn auch sonst mit Recht verurtheilten Würtembergischen Minister Süß, der an den Christen gerade nicht die Macht des Evangeliums gesehen hatte, machte man seine Treue, mit der er seinen Gott sterbend anrief, zum bittersten Vorwurf. Man kann die Verblendung Israels tief beklagen, in der sie die Vollendung ihres Wesens in Christo nicht

sehen, und muß doch Ehrfurcht haben vor den Resten jenes Jehova-
dienstes, der für die alte Welt das Salz gewesen ist. Mag daher
vielfach in unsern Tagen bei religiöser Gleichgültigkeit die Sorge
für Israel nur aus humanen Rücksichten sich herschreiben, sie bringt
doch die Herzen einander näher, sie erkennt in Israels Besonderheit
auch seine Vorzüge, und wenn ein tieferes Eingehen in dieselbe die
Schwierigkeiten würdigen läßt, die es für einen Israeliten hat, mit
seinem Glauben auch seine Nationalität aufzugeben, alles zu opfern,
um Christum zu gewinnen, dann wird man nicht mehr in jener
hochfahrenden Weise über die Gewissensbedenken und über das Ab-
weisen der Einladung zur Kirche den Stab brechen, sondern in hin-
gebender Liebe Mittel und Wege suchen, diesem Volke den Eingang
ins Reich Gottes zu ermöglichen. Solche Gedanken sind es, die
eine Mission unter Israel ins Leben gerufen haben und es bleibt
noch zu fragen übrig: Hat dieselbe ihre Zeit recht erkannt? und die
Antwort auf diese Frage ist das Ziel meiner Rede:
Die evangelische Kirche ist ihrem Wesen nach zur
Mission an Israel berufen.

II. Gehen wir von der Thatsache aus, die sich uns geschichtlich ergeben hat, daß nämlich erst die evangelische Kirche sich
Israels wieder angenommen hat. Die Zeitströmung fängt an,
diesem Werke günstig zu werden. Das ist freilich ein zweifelhafter
Gewinn, der Zeitgeist ist nicht der heilige Geist, und was die Welt
heut liebt, haßt sie morgen, indessen Thatsache ist es, die sich aus
vielen Indicien kund giebt, daß die Zeitgenossen anders zu Israel
stehen, wie frühere Geschlechter, und daß man in gläubigen Kreisen
überall nach Israels Bestimmung fragt, dieses alte Volk Gottes
ins Herz schließt, ja sich darin gefällt, mit Israels bevorstehender
Herrlichkeit zu liebäugeln und diese Aussicht als einen Köder zu
gebrauchen, mit dem man Israels Herz locken will. „Mit Israels
Bekehrung rückt die Heilsgeschichte einen Schritt weiter," sagt
Luthardt in seinen Vorträgen über die letzten Dinge, die stark
chiliastisch gefärbt sind, „dann giebt es wieder Heilsgeschichte, jetzt
nur Kirchengeschichte," und andere gehen weiter, vindiciren diesem
Volke einen seiner A. T. Sonderstellung entsprechenden Vorrang im
Reiche Gottes und gefallen sich in kraßrealistischen Auffassungen der
prophetischen Verheißungen. Abgesehen davon, daß solche An-
schauungen weder im Römerbriefe meines Erachtens irgend einen

Anhalt haben, noch ihnen in der Epheserstelle irgend Vorschub ge=
leistet wird, worauf einzugehen die Zeit verbietet, so scheint mir
nichts weniger geeignet, der Mission Erfolge zu sichern, als diese
Speise, die Israels Hochmuth, den immer noch ungebrochenen, nur
nähren kann, da es doch vor allem darauf ankommt, daß die
Wandelung eintritt, von der selbst der Talmud sagt, freilich ohne
die Tiefe des Wortes zu ahnen: Wenn Israel nur einen Tag Buße
thäte, so würde der Messias kommen. So sehr auch die Kirche
Ursache hat, über ihr Verhalten zu Israel Buße zu thun, so darf
sie doch nicht vergessen, daß der Eingang ins Reich Gottes für alle
an dasselbe Gesetz gebunden ist: Selig sind die Armen und die
Leidtragenden, die da hungern und dursten nach der Gerechtigkeit.
Auch Israel muß erst durch jenen Tag des Schmerzes, an dem es
klagt wie um einen Erstgebornen und erkennt, in wen es gestochen,
einen Tag, wie vor Damaskus, wo Saulus am Boden liegt, das
Volk der Selbstgerechtigkeit, um klein, ganz klein zu werden, damit
es von dem Herrn den neuen Ehrennamen erhalten kann. Welche
Stelle Israel noch im Reiche Gottes einnehmen wird, das weiß
ich nicht, vielleicht eine hohe, das mag sein, aber nach der Krone
kann man sich erst strecken, wenn man vergessen hat, was dahinten
ist, und es heißt nur, das Object der fleischlichen Hoffnung ändern,
wenn man Israel durch Vorspiegelung seines Herrlichkeitsberufes
für die Kirche gewinnen will. Immerhin aber ist dieses Liebäugeln
mit Israels hoher Würde nach so langer Zeit der Verachtung bis
zur Verletzung seiner Menschenwürde ein seltsames Zeichen der ge=
änderten Stellung zu demselben und in diesem Betracht freilich nicht
ohne Bedeutung für unsere Frage. Im politischen und religiösen
Leben, in Staat und Kirche steht man anders zu Israel, als je
zuvor. Wie kommt das? Ist das nur eine vorübergehende Zeit=
strömung, wird auf diese Zeit des Friedens neues Leid über Israel
kommen? Ich halte das nicht für unmöglich, nach einigen Erschei=
nungen für nicht unwahrscheinlich, weiß doch auch unsere Zeit von
Judenverfolgung, dennoch aber ist nicht zu verkennen, daß eine solche
Zeit der Annäherung für Israel eine neue Gnade ist, eine neue
Zeit der Heimsuchung, in welcher über das Volk das alte Wort
sich erneuert: Heute, so ihr seine Stimme höret, verstocket eure
Herzen nicht. Es kann diese Zeit für Israel der Anfang der großen
Heilsstunde werden, so es erkennt, was zu seinem Frieden dient,

wir aber erkennen in dieser Betrachtung der Zeitgeschichte eine verborgene Leitung des barmherzigen Gottes, eine Mahnung an die Kirche, die Hand ans Werk zu legen, Wahrheit zu machen mit der Erkenntniß, die in dem Wesen unserer evangelischen Kirche selbst liegt und damit stehen wir vor dem entscheidenden Punkte unserer Untersuchung.

Ueberblicken wir die Ursachen der Feindschaft zwischen der Kirche und dem A. Bundesvolke; so liegt der Schwerpunct der Schuld in der ersten Periode auf Israel, das den Weg Sauls, des Verfolgers mit Drohen und Morden, ohne eine Umkehr vor Damascus fortsetzt, bis in dem Siege der Kirche auch über die Heidenreiche Israels Wuth sich in Ohnmacht verliert, bis ihm in der Zeit der weltlichen Herrlichkeit der Kirche reichlich vergolten wird, und nun uns die Schuld auf Seiten der Kirche immer wächst, und beide Gegner sich in der Feindschaft nichts vorzuwerfen haben, da beide ihre Macht gebraucht haben zur Unterdrückung des anderen. Die Kirche glaubte aber nicht an solche Schuld, meinte Israel gegenüber nur Gottes Ehre zu vertreten, glaubte trotz der gewaltigen Schäden, die allerorten hervorbrachen, nicht, daß derselbe Sinn, der in Israel einst gegen die Wahrheit stritt und dessen Gericht herbeiführte, auch in ihr mächtig geworden sei, mischte das Blut Israels mit dem Blute treuer Zeugen Christi und mußte den Bannstrahl Luthers über sich ergehen lassen, der den Antichrist sah auf Petri Stuhl. Diese Kirche hatte kein Recht mehr, Israel zu verdammen, aber je weniger dieses Recht blieb, um so größer wurde der Anspruch auf dasselbe. Das Zeugniß für Christum wurde ein Blutgericht über Israel.

Da ging durch die gewaltige Wirkung des h. Geistes in der Reformation die alte Erkenntniß auf, die man leider vergessen hatte, daß Jesus gestorben ist für die Sünden der Welt, daß Juden und Heiden gemeinsam den Herrn kreuzigten, daß sein Blut auch über seine Feinde zum Segen kommen will, ob sie es gleich zur Rache herausforderten. Da verlor die Kirche freilich ihre Herrschaft in dieser Welt und nahm Knechtsgestalt an, aber es erwachte auch in ihr der Geist Christi und mit dem Bekenntniß Pauli bezeugte die Gemeinde: Aus Gnaden durch den Glauben allein sind wir selig worden. Die evangelische Kirche gründete sich auf diesem Grunde der Barmherzigkeit Gottes, der unbeweglich steht, sie wurde genährt durch den Geist der Liebe und Erbarmung, der sich zu dem Sünder neigt, und sie konnte nun jene Werke des Samariters thun, die das Gold sind in ihrer Krone, Werke der Mission nach innen und außen, helfende Liebe erweisen den Armen, Elenden, den Gefallenen und Verlornen, sie konnte sich besinnen auf das Gebet: Vater, vergieb ihnen! und nun auch dem Volke Israel den Gnadenthron zeigen, der nicht besprengt ist mit der Böcke und Kälber Blut, sondern mit dem heiligen, theuren Blute des Sohnes Gottes, konnte das Volk der Wüste hinweisen auf das Gegenbild der ehernen Schlange, das gesund macht alle, die es gläubig anschauen. In dem Wesen der evangelischen Kirche liegt die Aufgabe der Mission an Israel. Wenn ich sage, im Wesen der evang. Kirche, so hoffe ich nicht also mißverstanden zu werden, als meinte ich, als sei ihr Wesen schon zur vollen Entfaltung gekommen und decke sich mit der bisher offenbar gewordenen Gestalt unserer vielfach krankenden, äußerlichen Kirche. Mit demselben ist ihr Princip gemeint, das Princip der christlichen Innerlichkeit, das zugleich das Princip des wahrhaften Israels ist, in welchem allein eine Lösung der Frage nach Israels Geschick gegeben ist. Ich will hier nur mit wenigen Strichen andeuten.

Es liegt in der menschlichen Entwicklung, daß erst allmählich die volle Erkenntniß des Heils aufgeht, daß die verschiedenen Momente der Wahrheit geschichtlich nacheinander zur Geltung kommen, um sich zuletzt zur vollen Harmonie des Reiches Gottes zusammenzuschließen. Die Leitung des unsichtbaren Hauptes ist in solcher Entwicklung nicht zu verkennen. Das Mittelalter hatte die Idee des Reiches Gottes als des allumfassenden, allbeherrschenden darzustellen, die Völker für das Reich zu erziehen; die Kirche ist daher die große Heilsanstalt und zugleich das sichtbare Reich Gottes, der Einzelne geht auf in die Kirche; wer der Kirche widerspricht, er sei Israelit oder Ketzer, der ist damit schon gerichtet. Die evangelische Kirche fragt in erster Linie nicht nach der Stellung zur Kirche, sondern zu Gott, nicht nach dem Bekenntniß, sondern nach dem Glauben, sieht nicht in irgend einer äußern Gestaltung, sondern in der wahrhaftigen Lebensgemeinschaft mit dem Herrn das Heil, kennt daher eine unsichtbare Kirche, eine Gemeinschaft der Heiligen, der alle lebendigen Christen aller Confessionen angehören, giebt die äußerliche Einheit Preis, um zunächst die wahre Einheit

im Glauben zu gewinnen, glaubt an eine h. Kirche, auch ohne
zu sehen, faßt die Sündhaftigkeit in ihrer Tiefe, beschließt alles
unter die Sünde, damit die Gnade allein mächtig sei und in dieser
Erfahrung der unverdienten, reinen Gnade verkündet sie Allen
ohne Unterschied die Vergebung der Sünden auf Grund wahrhafti-
ger Herzensbuße. Ihr Ziel ist ein heiliges Volk mit neuen, be-
schnittenen Herzen, das in Heiligkeit und Gerechtigkeit Gott ewiglich
dient. Die äußere Kirche ist auch Heilsanstalt, aber sie soll we-
sentlich das h. Priesterthum, das Volk des Eigenthums, die Gemeinschaft der Heiligen werden. Die evangelische Kirche will daher
nicht in erster Linie zu sich bekehren, sondern zu dem Herrn und
Heiland im Himmel, sie will nicht eine äußere Unterwerfung, sondern eine Beugung der Herzen im Gehorsam gegen den Geist
Gottes, sie predigt daher auch an Israel zunächst nicht: Werbet
Kirchenglieder! sondern: Besinnet euch auf euer eigenstes Wesen,
gehet in die Tiefe eures A. T. Bewußtseins, stellt euch lauter und
aufrichtig in das Licht des Angesichtes eures Gottes, daß ihr ihn
recht erkennt und euch selbst nach seinem Wort. Gehet auch ihr
von der Aeußerlichkeit und Leerheit eures Gesetzesdienstes, der eure
Herzen schon nicht mehr befriedigt, der überall durchbrochen ist,
gehet hin zu dem tiefen h. Quell der Wahrheit, der durch eure
Heilsgeschichte, durch das A. T. geht, bringet ein in die Tiefe des
Wortes, das in eurer Mitte geoffenbaret ist, lernet die Stimme
eurer Propheten verstehen und ihr müßt dann die Stimme dessen
vernehmen, der nachdem er durch die Väter geredet, zuletzt gespro-
chen hat durch den Sohn. Gehorchet der Stimme eures Gottes
und besinnt euch, was ihr gewesen und nun geworden seid und er-
gebet euch dem Walten des heiligen Geistes, der liebend, erbarmend
jeden, der aufrichtig sucht, finden läßt, daß er euch in eurem Gewissen das Schuldbewußtsein wecken und das Heilsverlangen hervor-
rufen wird. O daß du irrendes Volk in der langen Wüstenwanderung hören könntest, wie es aus der Gemeinde Gottes in den alten
Liebesrufen dir entgegentönt: „Tröstet, tröstet mein Volk, redet mit
Jerusalem freundlich, saget ihr, daß ihre Ritterschaft ein Ende hat."
Wer nun selbst erfahren hat, wie der Geist Gottes uns aus allem
Irren, aus aller Weltverblendung führte, wer weiß, daß er erst
den Blinden die Augen aufthun mußte, weiß, mit wie viel Geduld
uns Gott trägt, wie viele in der Kirche unter seiner Langmuth

bleiben, daß der Glaube nicht Jedermanns Ding ist, sondern eine Gnadenwirkung Gottes, der erkennt wohl Gottes ernste Gerichte auch in dem Verstocktsein der Herzen Israels, weiß auch, daß es nach Gottes Willen ist, daß noch die Decke Mosis vor seinem Angesichte bleibt, daß Gott seine Heilszeiten bestimmt hat, aber auch, daß Israel sowohl, wie wir, von der Geduld getragen werden, die so über alles Begreifen ist, und daß sich hinter dem Zorn Gottes doch die Liebe verbirgt, die keinen lassen kann, auch Israel nicht, sein Volk nicht, ihn kann seine Wahl nicht gereuen, die Liebe Gottes kann sich nicht verleugnen. Darum richten und verdammen wir Israel nicht mehr, wir müßten ja uns selbst verdammen, sondern wir machen Ernst mit dem Gebot des Herrn und bitten in seinem Namen: Kehre wieder, du abtrünnige Israel, wir fühlen in seinen Thränen nicht bloß das unabwendbare Gericht, sondern auch die Kraft, in der gewissen Zuversicht dem verhärteten Israel nachzugehen, daß es sich wird und muß finden lassen. Das ist evangelische Anschauung, das ist das Princip unserer Kirche, wenn es auch noch lange nicht zu voller Wirkung kam, wenn wir uns auch selbst beim Aussprechen dieser Gedanken tief gedemüthigt fühlen. Denn was hast du gethan für Israel? Aber wir fühlen auch, und darin liegt das Unterpfand, daß unsere Mission nicht vergeblich ist, wir fühlen, daß wir erst dann unser eigenstes Wesen ergriffen haben, wenn wir in solcher Liebe mit Israels Bekehrung Ernst machen, daß die Arbeit an Israel nothwendig geschehen muß, ehe wir selbst unser Ziel erreichen, daß sie für die Kirche ein Anlaß innern Wachsthums, gläubiger Vertiefung ist. Mit dieser Erkenntniß sind wir denn wieder beim Ausgangspuncte angelangt, bei dem Geheimnisse, von welchem Paulus schreibt. Es ist ein wechselseitiger Dienst, den Israel und die Neutestamentliche Gemeinde sich leisten müssen, wie sie beide in Feindschaft sich wider einander ereifert haben. Wie wir durch Israel das Heil haben, denn es kommt von den Juden und auch Paulus gehört diesem Volke an, so soll nun wiederum Israel durch die Kirche zum Heil zurückgeführt werden, damit in gebender und empfangender Liebe alle eins seien, ein neuer Mensch in Christo. Diese Aufgabe, diese Pflicht hält uns Israel vor, das zu dem Zweck wunderbar unter allen Völkern bewahrt ist, wie zum Gericht und zur Warnung, so auch zum Tage des Heils für sich und für das Volk des N. Bundes, denn wer hätte sich nicht schon diese

Frage vorgelegt, was die Erhaltung Israels bedeute? Alle anderen
Völker der alten Welt sind längst abgetreten vom Schauplatz, da
sie entweder ihre Aufgabe erfüllten, oder dem Gerichte verfielen und
man kann doch in keiner Weise 'etwa das Volk jener Araber, die
in ihren Steppen unverändert dieselben blieben, ohne Entwicklung,
oder die Culturvölker Asiens mit dem Wunder der unvergänglichen
Eigenthümlichkeit Israels, die sich mitten unter den Völkern in
aller Zerstreuung erhält, vergleichen wollen. Israel war der Trä-
ger der Heilsgeschichte, der eine von den zwei Factoren der vor-
christlichen Entwicklung, die Auswahl erfüllt nach Pauli Wort ihre
Bestimmung, wird zur neuen Gemeinde, zur Erstlingsfrucht der
Gnade, da aus ihnen Christus geboren nach dem Fleisch, das Volk
aber, das am Heil vorbeiging, seinen Beruf nicht erkannte, wird
nicht vernichtet, verschwindet nicht aus der Geschichte, die es doch
nicht mehr mitbestimmt, sondern bleibt in ewiger Erstarrung dasselbe in Rußland's Eisgefilden und unter der südlichen Sonne
Spaniens, dasselbe im Ofen der Trübsal, dasselbe in den Zeiten
des Aufathmens — was hat das zu bedeuten? Will man das
einen Zufall nennen? Will man an solchem Räthsel der Geschichte ohne Aufmerken vorbeigehn? Ist nicht unsere Zeit von
dieser Frage bewegt? Die Antwort hat die Schrift längst zuvor
gegeben. Ich habe die Lösung schon ausgesprochen. Ich brauche sie
nur noch etwas weiter auseinanderzulegen.

Israel ist der Zeuge des lebendigen Gottes auf Erden, in
Abraham, dem Vater der Gläubigen die Botschaft an die sündige
Welt, daß in Gott allein ihr Heil, im alten Bunde das Gewissen
der Welt, das Volk, das die Gemeinschaft hält zwischen Gott und
der Welt, der Vermittler der Gnade an die Sünder, seit dem
Exile der Wegebereiter auf den Straßen der Heiden, seit seiner
Verwerfung das lapidarische Zeugniß des ewigen Wortes Gottes; denn Israel, der Feind der Kirche, hat die Schrift, die von
Christo zeugt und auch die Heiden müssen erkennen, wenn solche
Gegner wider Willen der Wahrheit dienen, daß das Christenthum
nicht von gestern ist und die Schriften des Zeugnisses nicht erst
von der Kirche fälschlich untergeschoben sein können; Israel muß
auch heute den Ungläubigen in der Kirche ein steter Anstoß bleiben,
eine immer mahnende Frage: Kannst du dieses Räthsel lösen? Israel ist der Kirche ein Zeuge von der Gerechtigkeit, die am Hause

Gottes richtend anhebt, eine warnende Stimme: Halte deine Krone feste, und endlich eine beredte Bitte, wenn auch unausgesprochen: Eilet, daß die Zeiten sich erfüllen und der Herr sich seines gefangenen Volkes erbarme! Sagen wir also nicht, es muß eine besondere Wunderthat Gottes, die man sich in sehr unbestimmter Gestalt denkt, Israel erlösen. Es ist freilich Gnade allein und die Stunde hat der Herr bestimmt, aber wie er auch der Heiden Zeiten bestimmt hat, ohne daß er deshalb der Arbeit der Kirche entbehren will. Die Wunderführungen Gottes, dem alles dienen muß zu seinem Heil. Zweck, sind, wie unter dem alten Bunde, so auch in der Zeit der Kirche die Thaten Gottes, die wir im Glauben als solche erkennen. Der Herr ist da, das Wunder der Erneuerung der Welt ist geschehen, hinfort wirkt Christus der Herr durch seine Glieder und erbauet seine Gemeinde durch die Liebe, die er in ihr entzündet hat. So bringt schon die Arbeit an Israel der Kirche Segen, reichen Segen, denn Einzelne sind erst bekehrt, aber Helden und Starke in Israel, und es ist durch diese rückwirkend auf Israel selbst und in die Kirche reiche Gnade ausgegossen. Der Weg wird gebahnt, wieder klingt es durch die Welt: Die Thal' laßt sein erhöhet! wieder tönt durch Israel der Bußruf Johannis, das Eis fängt an sich zu regen, die Sonne der Gnade thaut langsam, langsam ein Stücklein nach dem anderen los, und wie wir nach langer scheinbar ganz vergeblicher Arbeit ganze Heidenvölker dem Reiche sich erschließen sahen, so wird auch der Tag kommen, wo in Israel sich die Todtengebeine regen. Und was für ein Tag wird das werden, wenn schon Einzelne aus Israel solche Leuchter der Gemeinde geworden sind, was für ein Tag, an dem beide Hälften der Menschheit, Israel und die Völkerwelt ein Hosianna bringen dem Könige der Herrlichkeit und Gottes Heilswege sich vollenden! Unser Missionswerk ist erst von kurzer Dauer, können wir uns wundern, wenn es noch nicht mehr Frucht aufweis't? Ist das nicht immer der Weg Gottes, der stillen in Geduld ausharrenden Glaubensarbeit seiner Zeit seliges Gelingen zu schenken? Geduld ist uns nöthig und eine Liebe, die sich nicht erbittern läßt, die alles hofft und alles glaubt, — aber der Herr hält, was er verspricht, — und daß wir diese Treue und Barmherzigkeit Gottes jetzt erkennen, daß wir in der evangelischen Kirche den innern Drang fühlen, Israel zu suchen, das giebt uns frohe Aussicht auf den Fortgang unseres Werkes, das wir nicht bloß als ein Werk der Barmherzigkeit an Israel, sondern als einen nothwendigen Erweis erkannt haben, daß wir Gottes Wege begreifen und den Geist Christi empfangen haben. Es ist nicht meine Aufgabe, im Einzelnen den Erfolg zu zeigen, das thun die, welche insbesondere dieses Werk zur Lebensaufgabe gemacht und Erfahrungen gesammelt haben, möchten solcher viel werden, mögen sie in rechter Weisheit die rechten Wege finden, mir kommt es jetzt nicht auf einzelne Beweise für das Gedeihen des Werkes an, sondern ich möchte die innere Zuversicht in uns erweckt haben, und gebe Gott, daß es nicht ganz mißlungen ist, daß unser Werk, als ein echt evangelisches von dem Herrn uns übertragen, zu Gottes Ehre zielend nothwendig, wie alle Gotteswege, zu einem seligen Ziele führen muß.